いわゆる象は縁側にはいない

茂本和宏

思潮社

いわゆる象は縁側にはいない

茂本和宏

思潮社

いわゆる象は縁側にはいない　茂本和宏

目次

装画＝茂本ヒデキチ
装幀＝思潮社装幀室

いわゆる象は縁側にはいない

川を渡る長い夜

（一）

あの、雨の朝、静かに言葉が濡れていて。
指が若い大陸を旅する。
溺れた足首。
湯呑がぽっかり月に浮かび。
真っ白な履歴だけが吊り橋を渡る。
どうしました、あれからずいぶんあなたを生きたけれど、
悲しみは大丈夫でしたか。
尋ねられることはなかったですか。

もののけの降る夜、きれいな花火が上がって。
目が覚めた朝、ああこの朝はあのときの朝だと思う。
何度も死んで、何度も生きた、あの朝。

（二）

あの朝の、あの私だから、たくさんの人を。
十分いただきました。
蔑むとか、馬鹿にするとか、
ハイあの私です、いただきました。
忘れられたいと思っても、ダメでしょう。
だったら愛を、私に下さい。
テメー死ねとか、人間じゃないとか、
いっぱいの愛を、あの私だから。
どうぞ愛を、私だけに下さい。

あなたがもっと、あなたたちでいられるように。
あなたたちが間違っても、あなたにならないように。

（三）

ならないように、
空を横切るきれいな文字が、
真っすぐな思いにならないように。
川を渡る長い夜が、
歪んだ背中を押さないように。
深い森が息を吐く。
此岸、洞の声が聞こえてくる。
震える世情、膝を折る家族。
誰かが誰かを呼んでいる、
誰かが、あの朝。

いわゆる象は縁側にはいない

（一）

欠片になれる
灰になれる
土くれになれる
臭い水溜まりにも
あなたの耳には　なれる
目にも　踵にも
何も握ったことのない掌にさえ
けれどどうしてもなれないものが

私にはあって
だから
黙って夜の橋を渡る

（二）

いわゆる象は縁側にはいない
静かにそのことを思ってみる
頭が平たくなる
胸がそそくさとなる
足が饒舌になる
地平線の向こう側にも
きっとそんな私がいて
こちらの私を笑っている
いわゆる象は台所にも

いないよって

（三）

本当は
何にもなれないと思っていた
そしてその通りだった
鏡の中の年老いた私に
私は言ってみる
よかったね
何にもなれなくて
だから
笑って初めての橋を渡れる

足裏

遠くから来ました
その人は　涼しい足裏を見せて
国境を越えた
外つ国の柔らかな眼差し
その入り口に立って
私たちは初めて息をする
深い山脈の靄に胸を塞がれながら
雅言を振り切り

蒙昧の果てに
なおも縋って来るものを
静かに面を上げ　見据える
どうしても適わぬものは
適わないいまま
ゆっくりと瞰下して

それでもまだ
山脈を越え
蠢く言葉の欠片に
気圧されて　なお
私たちは

遠くから　来ました
久しい音を立て
新しい母語のように
その人は　立っている

テロルの冬

鳥の翼が本の縁を払い
落下する机の先端で
湿った来歴のように
ひとつの国が匂う
低い眼差し
曝される人々
閉じられたものは愛しい

だから　と
身体を開き
両腕を広げ
爪先暗く
まだ訪れない方位に
思想を発とうとする
忘れられた左腕で
寒い訪問者の襟首のように
不確かな栞を撫でながら

そして　秋
飛ぶものが来る
山裾から山巓まで
一息に染められた

大きな布をまとい
飛ぶものが
近づいて来る
あれは人
あれは忘れられない
人の群れ
人のように群れ飛ぶものたち
静かに秋が過ぎると
飛ぶものたちは唇を震わせる
地上に広がる悲しみが
森の奥まで届くように
喉を広げる
引き裂かれるビブラート
人の群れはいつも痛ましい

どこまでも待っている
いつまでも佇んでいる
そのようにしか別れない季節がある

テロルの冬

待つ者の脇腹を
惨劇が通り過ぎる

君のことは

濡れている坂道
もう一度生きる方途
海楼が揺れ
悲鳴にも似た　飛沫
もう少し君のことを

朝でした
通勤途中のアスファルト

交差点で泣きました
真っ青な空でした
たくさんの人が
真っ青な　朝でした

屈みこんだ平野
恐れる人
地平線を引いた朝
汚れる眼差し
音の無い川
君のことは多分

それは難しいな
言いました

黒板にも書きました
それは先生です
ずっと先生ですから
笑うのは　難しいな

海を渡るふいご
羽化する記憶
かどわかす者
さらわれて
人が波打って
軋む鉄路

大丈夫なんて
もう　ないことなんだ

邪

人間でないものに
なりたい
たどたどしい川とか
満載喫水線
たどり着けない驟雨
きれいな足首
駱駝の固い頭
ふやけたスタジアム

なめらかな水掻き
正しいものの横に
そっと置かれた誰かの悪意に
そして　いつも
間違ってますように

邪

ああ一も二もなく
善意の人たちは
今日もあの角で

不在を呼ぶ

縦が分からないから
横の広さも
間隙の握力も計れない
感情はそんな風に
私を巡る

膨らんだ理性と

落ち着きのない拳
きれいな朝は
生きていると
言わないこと

あなたは
難しい色を選びながら
約束を反故にする
内海の波頭
越えられない倫理

すべてのことが
絡まりあって
あなたは私の

私は誰かの
不在を呼んでいる

耳が身体を

水にばかり愛されたから
倫理の裏側でこっそりと
人を育む
虚ろな目を
ひとつだけ持つと
約束された形に
正しいことを
少しずつずらしながら

血のそばで目覚める
三人称の風景を呼ぶように
乾いた鉄路が伸びて
やっと手が届いた場所
稚拙な絵を描いた
背中を見せながら
いつまでも変わらないのは
虚構だけだとわかる
耳が身体を静かに離れていく

新しい海豹を眠れない

鳥を名付ける
地面を蹴って
一息に
人が鳥を名付ける
力がこんなに悲しい

＊

私を渡る私たち

水際の
指の重さをそろえ
背いて
また　背いて
私は
私たちを渡らない

＊

見とれる
脇の下を過ぎて行く
血脈に
見とれながら
踵を忘れて
何も持たないことが

出来ないでいる

＊

新しい海豹を眠れない
日々の隙間に
激しい雨が降って
裏声がずぶ濡れになる
優しい
不適切な関係

＊

何度でも
揚力について
地面が壊れるほどの

知力について
身体ごと
傾く

内灘に雪が降る

（うつむくように
　そっと開かれた
　　ベトナムの朝）
傘をさし
急な坂道を下る
あなたを乗せた船が
遠くに見える
明後日の午後には

天気も回復すると
ラヂオのように
話すオウムは
ベランダに残したまま
（1953年
　内灘の春）
あなたを
あんなに好きだったこと
海が船を
間違えることはないから
長い旅は始まり
やがて終わるだろう
そしてあなたも私も
顔色ひとつ変えず

毎日のニュースに
耳を落としながら
驚くように
年を取っていく
（内灘に雪が降る
　少年の細い腕が
　ベトナムを開く）
もうあの頃と同じ仕草では
呼べないけれど
ミズキ
船旅はどうだった

カナリア

カナリア
うれしいから
京都へと思う
書き始めた手紙が
鳩尾の辺りに留まって
待っていてくれるだろうか
50年も経ったのに
草が痛かった

公園の噴水が
スカートの暗がりに
「僕」と話していた
我々は、とキャンパスの声で
友達は、まだ落ちていると
落下の途中だと
50年は
どうしたんだろう
夢で踏切の音を聞かない
大きく渡れるところばかり
歩いて来たから
行き止まりを失うと
あとは

この頃
近くなったから
少し恐くなってきた
カナリア

空がちぎれて

家が出て行く　力ずくの朝
その行方を見せて
海を失うようにしか
人を愛せなかったから
もうすぐですよ
声がして　背中を叩く
輪切りにされた冬の空
転ぶ犬

ちぎれた胸がコロコロ鳴って
掌から明るいものが落ちていく

もうすぐですよ
人の陰口を聞きながら
じっと待っていると帰れます
あなたの好きなあの場所に
気持ちまでは叶いませんが
身体だけは

声がする
こんなに近く
思い出すように忘れ
捨ててしまった

家が
出て行く
冬の朝
空がちぎれて
声が

人でなし

濡れた掌

雨だった
等高線に沿って
家族は移動した
饒舌な映画のように
過ごした日々が
足元に淀んでいた

通り雨だと思っていた

ぬかるみを飲み込み
家族は幾度も吐いた
道は後ろにばかり続き
爪先が欠けていた

雨は続いた
濡れた掌は
罪の匂いがした
鉄塔が激しく揺れ
すべてが凍えたまま
燃えつくすようだった

雨に溺れた
一人だけ

家族を置いて
等高線がさらに歪み
家族は色をなくした

雨は止んだけれど
誰かに言って
空を見上げる
家族が流れている
傷んだフィルムのように
空に傷を残しながら

翼のある生活

翼があります
飛べません
肩の付け根が重いです
翼があります
売ってません
ある日
へなへなと
生えてきたんです

強くない翼です
どうしてなのか
カメラには
写らないから
噂だけが走る翼です

ある日へなへなと
生えてきたから
翼のある生活は
痛いです
買い物したって邪魔だし
階段はいっそうつらいし
それより皆見てくるし
乗り物に乗るとき

翼代をスイカされます
じわっと生活が痛いです

翼があります
飛べません
飛べないけれど
時々部屋で
こっそりと
翼を広げ
浮いてます
こっそりパタパタ
少しだけ
浮いてみる生活です

犬は抱く

飛び降りて
犬を抱いて
商店街を
城下町の犬を抱いて
口すぼめ呼吸
やってたかも
ありがとう

立体がうまくつかめない
犬は抱けるのに
銭湯にだって
湯島の方まで
展開図　苦しい
立体はもっと苦しい

進退がかかってる
心配もかかってる
身体は関係ないかも
洒落って落ちないで
くっつくの　人に
犬にもひっついて
抱けないでいる

良くしてね
うまくしてね
状況はかなり網の目
阿弥陀籤の要領で
人生を渡って
ここまで来たから
犬は抱く
人は抱かない

川底だから

河童なんだあ
いいと思う
石につまずき　苔に滑って
川底だから　今
河童なんだ
すごくいい
進化っていうの
こういうの

辛いことあったとき
河童なんだと思うと
どうよって
皆　どうよって
ホント良かった
ありがとう
河童です

うつむく電車

大手町三丁目
こんな日は
心持ち大きな字で歩いてみる
ゆっくりと暮れてくる人波
うつむく電車
もうそろそろ
あの角に近くなるから
父よ

人生のように
あなたの背中を曲がる

蝉が悲しんでいる
行く夏を
キサヌ・ブローグが言った
夏は十分に感傷的だと
車に乗って
呼ばれた劇場へ波立ってみる
空気を震わせるソプラノ
じゃれつく笑い
歴史から遠ざかっていく
歪んだ首筋
もうすぐ

彗星の双曲線が見られるはずだ

昨日は嘘をつかない
嫌な気分のまま
プロペラ機を渡る
Tの字に関して
その指に
飛ぶものたちは
何かの意見を持っている
軽い空のまま
凪がれてしまった
追憶
持て余してばかりの
クロールを

掌を反すように辿る
こんな日は
世間が淋しい

揺れる吊り橋

影に覆われ肩先から落ちていく記憶

伯父の軍手　栗の毬
弟の踝　従兄弟たちの背中

そっと笑っているのは淋しいから
谷をなぞる窓の指

誰かが誰かを呼んでいる
夜の襖　川の音

中洲に広がる獣の匂いを纏い
人が人を　身体を反らせて
美しい声に揺れる吊り橋

ツグミが礫のように
暗い睫が峠のように
境涯を分ける

明日
私は
手を上げるだろう

遥かな谷に向け
懐かしい手を

夜の鵺

様子をうかがうように
ポストが立っている
猫の前足がそっと月を跨ぐ
朽ちかけた土壁の家
湿った納戸
裏返るフィラメント

性愛の胸が息を吐く

濡れた腓
指先が業垢にまみれる
目の奥に棲む
淀んだ生き物に
ぬらぬらと
呑まれる

深い森が目覚める
湖が夜を映す
月が夜と交合う
鵺が鳴く

略歴

一九五二年　愛媛県に生まれる

既刊詩集に『疾患街』（'76）『もっと深いところで』（'82）『鉄亜鈴のある部屋』（'86）『冬のプール』（'02）『ネジといっしょ』（'06）『あなたの中の丸い大きな穴』（'10）がある。

現住所　〒350―0034
埼玉県川越市仙波町3―32―3―707

いわゆる象《ぞう》は縁側《えんがわ》にはいない

著者
茂本和宏《しげもとかずひろ》
発行者
小田久郎
発行所
株式会社思潮社
〒一六二—〇八四二　東京都新宿区市谷砂土原町三—十五
電話〇三（三二六七）八一五三（営業）・八一四一（編集）
FAX〇三（三二六七）八一四二
印刷所
創栄図書印刷株式会社
製本所
小高製本工業株式会社
発行日
二〇一八年八月三十一日